शत्रुनाशक

शिव शंकर

OM KIDZ

An imprint of Om Books International

Reprint 2013

Published by

OM KIDZ

An imprint of Om Books International

Corporate & Editorial Office
A 12, Sector 64, Noida 201 301
Uttar Pradesh, India
Phone: +91 120 477 4100
Email: editorial@ombooks.com
Website: www.ombooksinternational.com

Sales Office
4379/4B, Prakash House, Ansari Road
Darya Ganj, New Delhi 110 002, India
Phone: +91 11 2326 3363, 2326 5303
Fax: +91 11 2327 8091
Email: sales@ombooks.com
Website: www.ombooks.com

ISBN : 978-93-800069-03-6

Printed at EIH Press, Gurgaon, India

10 9 8 7 6 5 4 3 2

अनुक्रमणिका

शिव और सती

दक्ष प्रजापति एक शक्तिशाली राजा थे। उनकी पत्नी का नाम प्रसूति था, जो मनु की पुत्री थी। उनकी सोलह पुत्रियाँ थीं।

एक दिन प्रसूति अपने पति से बोली, "महाराज, हमारी बेटियाँ विवाह योग्य हो गई हैं, और हमने अभी तक एक के लिए भी योग्य वर नहीं ढूँढ़ा है।"

दक्ष प्रजापति पहले से ही तय कर चुके थे, कि वह अपनी तेरह लड़कियों का विवाह धर्म से, एक का अग्नि से, और एक का पितृगण से करेंगे। उन्होंने अपनी पत्नी को अपना इरादा बता दिया। प्रसूति ने कहा, "अब हमारी सबसे छोटी बेटी सती बाकी बची है।" दक्ष ने पूछा, "क्या

वह किसी को पसंद करती है?" प्रसूति ने उत्तर दिया, "मुझे निश्चयपूर्वक कुछ भी मालूम नहीं है, परंतु वह सबसे अलग है। सब लोग खेलते हैं, तो वह चुपचाप शिव की मूर्ति के पास बैठकर प्रार्थना करती रहती है।"

जब दक्ष प्रजापति और प्रसूति इस प्रकार अपने बच्चों के विषय में बातचीत कर रहे थे, ठीक उसी समय नारद ने वहाँ प्रवेश किया। और बोले, "दक्ष! तुमको सती के भविष्य के विषय में चिंता करने की आवश्यकता नहीं है। उसका विवाह भगवान शिव के साथ होना तय है।"

दक्ष को शिव जी को दामाद बनाने की बात अच्छी नहीं लगी। वह समझते थे शिव जी अन्य देवताओं के समान

धनी और सम्पन्न नहीं हैं, वह सारे शरीर में राख लगाये रहते हैं और बाघ की खाल पहनते हैं। उनमें मन को आकर्षित करने वाली कोई भी चीज़ नहीं है। हालाँकि शिव

जी के प्रति सती का प्रेम और भक्ति देखकर दक्ष विवश हो गये और उन्होंने धूमधाम से सती का विवाह शिव जी के साथ कर दिया। सारे देवता लोग इस विवाह में सम्मिलित हुए।

कुछ समय पश्चात ऋषि मरिचि आदि प्रजापतियों ने एक बड़ा यज्ञ किया। उसमें बड़े-बड़े ऋषि, देवता और मुनिगण अपने अपने शिष्यों के साथ एकत्र हुए थे। शिव जी और ब्रह्मा जी भी अपने-अपने आसन पर बैठे थे। यज्ञ आरंभ

होने ही वाला था कि उसी समय प्रजापति दक्ष ने भी प्रवेश किया। वे अपने तेज से सूर्य के समान प्रकाशमान थे। उनके प्रवेश करते ही सब लोग उनका अभिवादन करने को खड़े हो गये। केवल ब्रह्मा जी और शिव जी अपने स्थान पर बैठे ही रहे।

दक्ष इस बात से बहुत क्रोधित हुए कि उनके दामाद ने उनको उचित सम्मान नहीं दिया। उन्होंने मन में सोचा, "शिव अपने को मुझसे महान समझते हैं! अब मैं एक बहुत बड़ा यज्ञ करूँगा और उसमें शिव को नहीं बुलाऊँगा। इस प्रकार अपने अपमान का बदला लूँगा।" दक्ष प्रजापति ने मन में ऐसा ही करने का निश्चय कर लिया।

कुछ समय बाद दक्ष ने एक बड़ा यज्ञ किया और उसमें शिव जी को नहीं बुलाया। शेष सभी देवता और ऋषि-मुनियों को बुलाया गया था। सती अपने पिता के यज्ञ में जाना चाहती थीं। उन्होंने शिव जी से अपने जाने की इच्छा प्रकट की, और उनसे भी अपने साथ चलने का अनुरोध किया। परंतु शिव जी तो सब जानते थे, अतः वह बोले, "सती तुम्हारे पिता जी समझते हैं कि मरिचि के यज्ञ में मैंने

उनका अपमान किया है, इसलिए जान-बूझकर उन्होंने हमको निमंत्रण नहीं भेजा है।” सती कहने लगी, “हम तो उनके परिवार के सदस्य ही हैं, हमको निमंत्रण की क्या आवश्यकता है?” शिव जी को मालूम था कि सती उनकी बात नहीं

मानेगी, अतः उन्होंने सती को यज्ञ में जाने की आज्ञा दे दी, लेकिन स्वयं नहीं गए। सती के साथ उन्होंने अपने कुछ गण भी भेज दिए।

सती जब अपने पिता के घर पहुँची, तो उसको यह देख कर आश्चर्य हुआ कि किसी ने भी उसका स्वागत नहीं किया। दक्ष ने क्रोध से कहा, “बिना बुलाए तुम क्यों आई हो ?” सती यह अपमान सहन नहीं कर सकी और यज्ञ की अग्नि में कूदकर उसने अपनी जान दे दी।

जैसे ही शिव जी को सती की मृत्यु का समाचार मिला, वह बहुत क्रोधित हुए। उन्होंने अपना एक बाल तोड़ा तो उसमें से एक बहुत शक्तिशाली राक्षस निकला, उसका नाम वीरभद्र था। शिव जी ने उसको आज्ञा दी, "जाओ और दक्ष का यज्ञ समाप्त कर दो।"

वीरभद्र और शिव जी के अन्य गणों ने मिलकर दक्ष प्रजापति का यज्ञ पूरी तरह से नष्ट कर दिया। यज्ञमंडप को तोड़कर तहस-नहस कर दिया। वीरभद्र ने दक्ष का सिर काटकर धड़ से अलग कर दिया। जितने देवी-देवता बचे,

वे ब्रह्मा और विष्णु भगवान के पास अपनी रक्षा के लिए प्रार्थना करने को गये।

ब्रह्मा और विष्णु कैलाश गए और शिव जी से प्रार्थना करने लगे कि वह दक्ष प्रजापति को क्षमा कर दें। शिव जी अत्यंत दयालु हैं, अतः उन्होने दक्ष के शरीर में एक बकरी का सिर लगाकर उसको जीवित कर दिया। हालाँकि उनकी पत्नी तो सदा के लिए जा ही चुकी थी।

शिव और पार्वती

सती की मृत्यु के बाद शिव जी कैलाश में जाकर ध्यान और समाधि में लीन हो गये। वर्षों तक उन्होंने किसी से बात नहीं की।

हिमालय के राजा हिमवान के घर में कन्या ने जन्म लिया। उसका नाम पार्वती रखा गया। पार्वती ही पिछले जन्म में सती थी। पार्वती जब बड़ी हुई तो नारद ऋषि ने हिमवान को बताया कि पार्वती का विवाह शिव जी से होगा। हिमवान शिव जी के पास गए और प्रार्थना करने

लगे कि वे पार्वती को अपनी सेवा करने का अवसर दें। शिव जी ने कहा, “सती की मृत्यु के बाद मैंने किसी भी स्त्री को अपने निकट आकर मेरा ध्यान भंग करने की आज्ञा नहीं दी है।”

पार्वती ने शिव जी से बहुत प्रार्थना की, और कहा, "मुझे अपनी सेवा का केवल एक अवसर दे दीजिए, मैं आपकी तपस्या में विघ्न नहीं करूँगी।" शिव जी पार्वती को मना नहीं कर सके और पार्वती शिव जी की सेवा करने लगी।

तारकासुर एक शक्तिशाली दानव था। उसको मालूम पड़ा कि शिव जी समाधि में लीन हो गए हैं तो उसने वरदान पाने के लिए ब्रह्मा की तपस्या करनी शुरू कर दी। जब उसकी तपस्या से प्रसन्न होकर ब्रह्मा प्रकट हुए तो तारकासुर ने उनसे अमर होने का वरदान माँगा। ब्रह्मा ने कहा, "यह वरदान किसी को भी नहीं मिल सकता।" इस पर तारकासुर ने कहा, "अगर ऐसा है तो मुझे यह वरदान दीजिए, कि शिव जी के पुत्र के अलावा और कोई मुझे न मार पाए।"

तारकासुर जानता था कि शिव जी तपस्या में लीन हैं और वे शादी नहीं करेंगे। ब्रह्मा ने उसको वह वरदान दे दिया।

ब्रह्मा से वरदान मिलने के बाद तारकासुर निडर होकर सभी देवताओं और मनुष्यों को परेशान करने लगा। सभी उससे बहुत दुखी हो गए।

अंत में इंद्र सहायता माँगने ब्रह्मा के पास गए और उनसे बोले, "आपके वरदान के कारण ही तारकासुर हमको परेशान कर रहा है। अब हमें बताइए कि कब शिव जी का पुत्र होगा और कब हमारे कष्ट दूर होंगे?"

ब्रह्मा ने उत्तर दिया, “शीघ्र ही वह समय आएगा।” उन्होंने कामदेव को आज्ञा दी कि शीघ्र ही कैलाश जाकर शिव जी के मन में पार्वती के लिए प्रेम पैदा करें।

कामदेव अपनी पत्नी रति देवी के साथ कैलाश गए। वहाँ उन्होंने देखा कि शिव जी ध्यान में बैठे थे और पार्वती पास ही बैठकर फूलों से माला बना रही थीं।

कामदेव ने अपना बाण चलाया और शिव जी को अचानक अपने दिल में कुछ परिवर्तन मालूम पड़ा। उनको हवा में

कुछ सुगंध महसूस हुई। वह समझ गए कि कामदेव ने अपना बाण चला दिया है। उन्होंने क्रोध से आँखें खोलीं और अपनी तीसरी आँख की ज्वाला से कामदेव को भस्म कर दिया।

रति देवी अपने पति को भस्म हुआ देखकर अत्यंत दुखी हुईं और सहायता के लिए इंद्र के पास गईं। इंद्र देवता से उन्होंने कहा, "ब्रह्मा के आदेश पर ही मेरे पति कैलाश गए थे, और वहाँ पर शिव जी ने उनको जला कर राख कर दिया।" रति ने फिर प्रार्थना करते हुए कहा, "कृपा करके उनको क्षमा करके फिर से जीवित कर दीजिए।"

इंद्र तुरंत शिव जी के पास गए और उनको रति की प्रार्थना सुनाई। शिव जी सब जानते थे। उनको मालूम था कि कामदेव ने अपनी इच्छा से तपस्या भंग करने को

अपना बाण नहीं चलाया। अतः उन्होंने कामदेव को जीवित कर दिया, और दोनों पति–पत्नी को आर्शीवाद दिया।

पार्वती शिव जी का क्रोध देख रही थीं, अतः उन्होंने निश्चय किया कि वह कैलाश छोड़ कर किसी दूसरे पर्वत

पर चली जाएँगी। इस बीच, देवता बहुत भयभीत थे, क्योंकि तारकासुर का आतंक कम नहीं हुआ था।

इस बार ब्रह्मा स्वयं शिव जी के पास शादी का प्रस्ताव लेकर गए। शिव जी ने कहा, "मैं तो साधु हूँ, मुझसे कौन शादी करेगा"? ब्रह्मा ने उत्तर दिया, "यहाँ पार्वती आपसे विवाह करने की प्रतीक्षा में बैठी है।"

शिव जी ने कुछ क्षण सोचा और फिर बोले, “मैं पार्वती की भक्ति की परीक्षा लेना चाहता हूँ।” उन्होंने कुछ साधु लोगों को पार्वती के पास भेजा और यह कहने को कहा, “शिव तुम्हारे योग्य नहीं है।” पार्वती ने उनको अच्छी तरह

समझा दिया कि वह शिव जी के अलावा और किसी से विवाह नहीं करेंगी।

फिर शिव जी अपना वेश बदलकर स्वयं पार्वती की परीक्षा लेने गए। उन्होंने पार्वती से पूछा, "मृगछाला पहनने वाला और शरीर में राख लगाने वाला इंसान तुम जैसी सुंदरी को क्या सुख दे सकता है?"

पार्वती बोलीं, "कृपया मुझसे ऐसी बात मत कीजिये, जिसका उत्तर सुनकर आपको बुरा लगे। आप जाइए। शिव जी को मैंने चुना है, अतः और किसी के बारे में मैं सोच भी नहीं सकती।"

प्रसन्न होकर शिव जी अपने असली रूप में आ गए। पार्वती अत्यंत प्रसन्नता से बोलीं, "अरे! यह आप हैं।" शिव जी ने पार्वती की माता मैना और पिता हिमवान का आर्शीवाद लेकर पार्वती से विवाह कर लिया। कुछ समय बाद उनका "शुभ्रमन्य' नाम का एक दिव्य पुत्र हुआ, जिसने तारकासुर का वध करके उसके आतंकों को समाप्त किया।

शिव जी – सबसे महान

ब्रह्मा सारे संसार की सृष्टि करने वाले माने जाते हैं, यानी सारा संसार ब्रह्मा ने ही बनाया है। विष्णु भगवान संसार का पालन करते हैं और शिव जी संहार करने वाले माने जाते हैं। प्रत्येक भगवान अपनी-अपनी शक्तियों के लिए पूजे जाते हैं।

एक दिन ब्रह्मा ने सोचा, “मैं दुनिया बनाता हूँ इसलिए मैं सबसे महान हूँ।” विष्णु ने भी सोचा, “ब्रह्मा ने संसार बनाया तो ठीक है, परंतु उसकी रक्षा नहीं की तो क्या

लाभ ? मैं पालन करता हूँ, इसलिये मैं सबसे महान हूँ।" दोनों ही भगवान एक दूसरे की महानता स्वीकार नहीं कर रहे थे, और आपस में वाद-विवाद कर रहे थे। दोनों अपने को सबसे महान बता रहे थे।

देवताओं ने सोचा कि इस बहस का अंत नहीं होगा, अतः वे सब सहायता के लिए शिव जी के पास गए और उनसे प्रार्थना की, "आप ही ब्रह्मा और विष्णु का झगड़ा समाप्त कर सकते हैं।" शिव जी जब वहाँ गए तो ब्रह्मा और विष्णु वाद-विवाद में इतने व्यस्त थे कि उनको शिव जी के आने का पता ही नहीं चला।

शिव जी ने सोचा कि इनको कुछ सबक सिखाना चाहिए। उन्होंने एक चमकते हुए स्तंभ का रूप धारण कर लिया और कहा, "आप लोगों में से जो भी इस स्तंभ का आरंभ या अंतिम भाग का पता लगा लेगा वही सबसे महान होगा।"

विष्णु भगवान ने तुरंत वराह का रूप धारण कर लिया और नीचे जाकर स्तंभ का अंतिम भाग खोजने लगे। ब्रह्मा हंस का रूप रखकर ऊपर उड़कर स्तंभ का आरंभ का भाग खोजने लगे। घंटों घूमने के बाद भी विष्णु भगवान

उसका अंत नहीं खोज सके। ब्रह्मा को भी बहुत ऊँचाई में उड़ने के बाद भी आरंभ नहीं मिला, परन्तु उनको एक 'केतकी' का फूल मिला। ब्रह्मा ने सोचा, "शिव जी इस फूल को सिर में लगाते हैं, अतः संभव है, मुझे स्तंभ का आरंभ का भाग मिल गया हो।" वे उस फूल को विष्णु भगवान को दिखाने ले गए।

ब्रह्मा ने विष्णु से कहा, "मैं आरंभ तक पहुँच गया और ये फूल इस बात का साक्षी है।" विष्णु ने फूल से पूछा, "क्या यह सच है?" फूल ने सच है कह दिया।

ठीक उसी समय शिव जी प्रकट हो गए और क्रोधित होकर ब्रह्मा से बोले, "तुम झूठ बोलते हो, तुमने स्तंभ का

आरंभ नहीं देखा है।" फिर शिव जी ने भैरव नाम के एक दैत्य को प्रकट किया और उसको आज्ञा दी कि ब्रह्मा को झूठ बोलने का दंड दे। भैरव ने ब्रह्मा का पाँचवाँ सिर काट दिया। शिव जी ने श्राप देते हुए ब्रह्मा से कहा, "किसी

भी मंदिर में तुम्हारी पूजा नहीं होगी", और केतकी फूल से कहा, "अब मेरी पूजा में तुम्हारा फूल कभी नहीं चढ़ाया जाएगा।"

विष्णु भगवान ने हाथ जोड़कर शिव जी से कहा, "आप ही सबसे महान है, आपका न आरंभ है और न अंत है। हम बहुत मूर्ख थे जो अपने को महान समझ रहे थे।"

इस प्रकार ब्रह्मा केवल चार सिर वाले रह गए। महाराष्ट्र के 'एलिफैंटा केव' में एक स्तंभ है, जिसको शिव जी का ही रूप माना जाता है।

शिव जी नीलकंठ बने

एक समय की बात है। देवता और दानवों ने मिलकर तय किया कि समुद्र का मंथन किया जाए और उसमें से जो अमृत निकले, उसको पीकर सब लोग अमर हो जाएँ।

उन लोगों ने मंदिराचल पर्वत और वासुकि नाग की सहायता से समुद्र का मंथन किया। असुरों ने नाग के मुँह का भाग पकड़ा और देवताओं ने पूँछ का भाग। समुद्र का मंथन करते-करते जब कुछ समय हो गया तो वासुकि नाग के मुँह से हलाहल अर्थात विष निकलने लगा।

विष इतना तेज़ और अधिक मात्रा में था कि देवता और दानव सब बेहोश होने लगे। घबराकर इंद्र शिव जी के पास गए, और उनकी रक्षा करने की प्रार्थना करने लगे। शिव जी ने कहा, "जो भी मेरी सहायता माँगता है, उसकी मैं अवश्य रक्षा करता हूँ।" ऐसा कहकर वे समुद्र की ओर चले गए।

वहाँ पहुँच कर उन्होने सारा विष पी लिया। पार्वती भी उनके साथ थीं। उन्होंने शिव जी का गला पकड़ लिया और विष को न निगलने की प्रार्थना करने लगी। शिव जी ने विष को गले में ही रोक लिया। विष के असर से उनका गला नीला हो गया और वे नीलकंठ कहलाने लगे।

शिवरात्रि

किसी गाँव में एक शिकारी अपने परिवार के साथ रहता था। वह आस-पास के जंगल से जानवरों और चिड़ियों का शिकार किया करता था। एक दिन सारे जंगल में घूमने के बाद भी उसको कोई शिकार नहीं मिला। धीरे-धीरे अंधेरा हो गया और रात हो गई। वह जंगल में ही फँस गया। रात बिताने के लिए वह एक पेड़ पर चढ़ गया।

थोड़ी देर बाद उसने एक हिरन को जाते देखा, तो उसने तुरंत उसको मारने के लिए निशाना लगाया। तभी, हिरन मानव स्वर में कुछ बोलने लगा, जिसे सुनकर शिकारी चकित रह गया। हिरन बोला, "कृपया इस समय मुझे जाने दो, मैं अपने परिवार से विदा लेकर कल रात अवश्य आ जाऊँगा।" शिकारी को दया आ गई और उसने हिरन को जाने दिया।

कुछ ही घंटों बाद एक हिरन और आया। उस पर भी जब शिकारी ने निशाना किया, तो उसने भी वही कहा जो पहले हिरन ने कहा था। अब शिकारी सोच में पड़ गया।

वो सोचने लगा कि ये दोनों हिरन जानवर हैं, फिर भी अपने परिवार से कितना प्यार करते हैं। मैं मनुष्य होकर भी अपने बीवी-बच्चों के विषय में नहीं सोचता। उसने दुखी

होकर सारी रात पेड़ पर बैठ कर ही बिता दी। उसके पास अब कुछ करने को नहीं था, इसलिए वह पेड़ के पत्ते तोड़ता और नीचे फेंकता रहता।

वह पेड़ 'बेल' का था, जो शिकारी को मालूम नहीं था। पेड़ के नीचे एक शिवलिंग था। वह जो भी पत्ते नीचे फेंकता था, वे शिवलिंग पर गिरते थे।

सुबह होने पर शिकारी ने देखा कि हिरनों का एक झुंड उसकी ओर आ रहा है, और सब मरने को तैयार हैं। शिकारी उनको देखकर और उनकी बातें सुनकर बहुत भावुक

हो गया, क्योंकि सब के सब हिरन दूसरे से पहले मरने को तैयार थे। शिकारी बोला, “मैं किसी को भी नहीं मारूँगा”, और पेड़ से उतर गया। जब वह घर पहुँचा तो वह पूरी तरह से बदल चुका था।

कुछ सालों बाद जब उसकी मृत्यु हुई, तो उसको स्वर्ग में ले जाया गया। शिकारी बहुत आश्चर्य में था क्योंकि उसे अनेक जानवरों की हत्याएँ करने के बाद भी स्वर्ग में स्थान मिला था। अचानक एक दैवीय स्वर ने कहा, "तुमने

अनजाने में ही शिवरात्रि को रात भर व्रत किया और शिव जी को बेल की पत्तियाँ चढ़ाकर उनकी पूजा की। इसलिए तुम शिकारी होने पर भी भगवान की कृपा के पात्र हो गए।" शिवरात्रि हिंदुओं का एक महत्त्वपूर्ण पर्व है। कहा जाता है, उस दिन व्रत रखने से और बेलपत्री से शिव जी की पूजा करने से सौभाग्य और समृद्धि प्राप्त होती है। (शिवरात्रि प्रत्येक वर्ष फरवरी या मार्च में होती है।)

शिव जी की सीख – नम्रता

राजा सागर के 60,000 पुत्र ऋषि कपिल के श्राप से भस्म हो गए थे। राजा सागर, राजा भगीरथ के पूर्वज थे। राजा भगीरथ जानते थे, कि पवित्र गंगा जल ही उनके पूर्वजों के पापों से उनको मुक्ति दिला सकता है और उनको स्वर्ग में उनका स्थान दिला सकता है।

अतः राजा भगीरथ ने माँ गंगा से पृथ्वी पर उतरने की प्रार्थना की। गंगा माता ने कहा, “मैं पृथ्वी में बहुत खुशी से आ सकती हूँ, परंतु मेरे तेज़ प्रवाह को धरती में कोई भी सहन नहीं कर सकेगा। इसके अलावा मैं स्वर्ग में रहती हूँ, जहाँ सब कुछ पवित्र और स्वच्छ है, धरती में आकर मैं अशुद्ध हो जाऊँगी।”

राजा भगीरथ ने कहा, "धरती के सारे बड़े-बड़े ऋषि-मुनि आपको पवित्र रखेगें और मैं शिव जी से प्रार्थना करुँगा कि वह आपको धरती पर उतरने में सहायता करें।"

राजा भगीरथ ने शिव जी की बहुत कठिन तपस्या की। अंत में शिव जी प्रसन्न हो गए और भगीरथ के सामने प्रकट होकर उन्होंने राजा से उनकी इच्छा पूछी। राजा भगीरथ ने शिव जी को सब बातें बताईं और यह भी कहा, “आपके

अलावा माँ गंगा की तेज़ धारा को कोई भी सँभाल नहीं सकता। अतः आप कृपा करके इस कार्य में सहायता कीजिए।” शिव जी ने भगीरथ की प्रार्थना स्वीकार कर ली। जैसे ही गंगा स्वर्ग से उतरी, शिव जी ने उनको अपनी जटाओं से पकड़ लिया। स्वर्ग के सभी देवताओं ने यह दृश्य देखा।

गंगा ने शिव जी से प्रार्थना की, “भगवान मुझे छोड़ दीजिए।” परंतु शिव जी शांत और चुप रहे। अंत में राजा भगीरथ ने ही शिव जी से प्रार्थना की, और माँ गंगा को उनकी जटाओं से धरती में छोड़ने को कहा।

इस प्रकार शिव जी ने राजा भगीरथ की प्रार्थना पूरी की और गंगा को यह सबक सिखाया कि शक्तिशाली होने के साथ-साथ नम्र होना आवश्यक है।

TITLES IN THIS SERIES

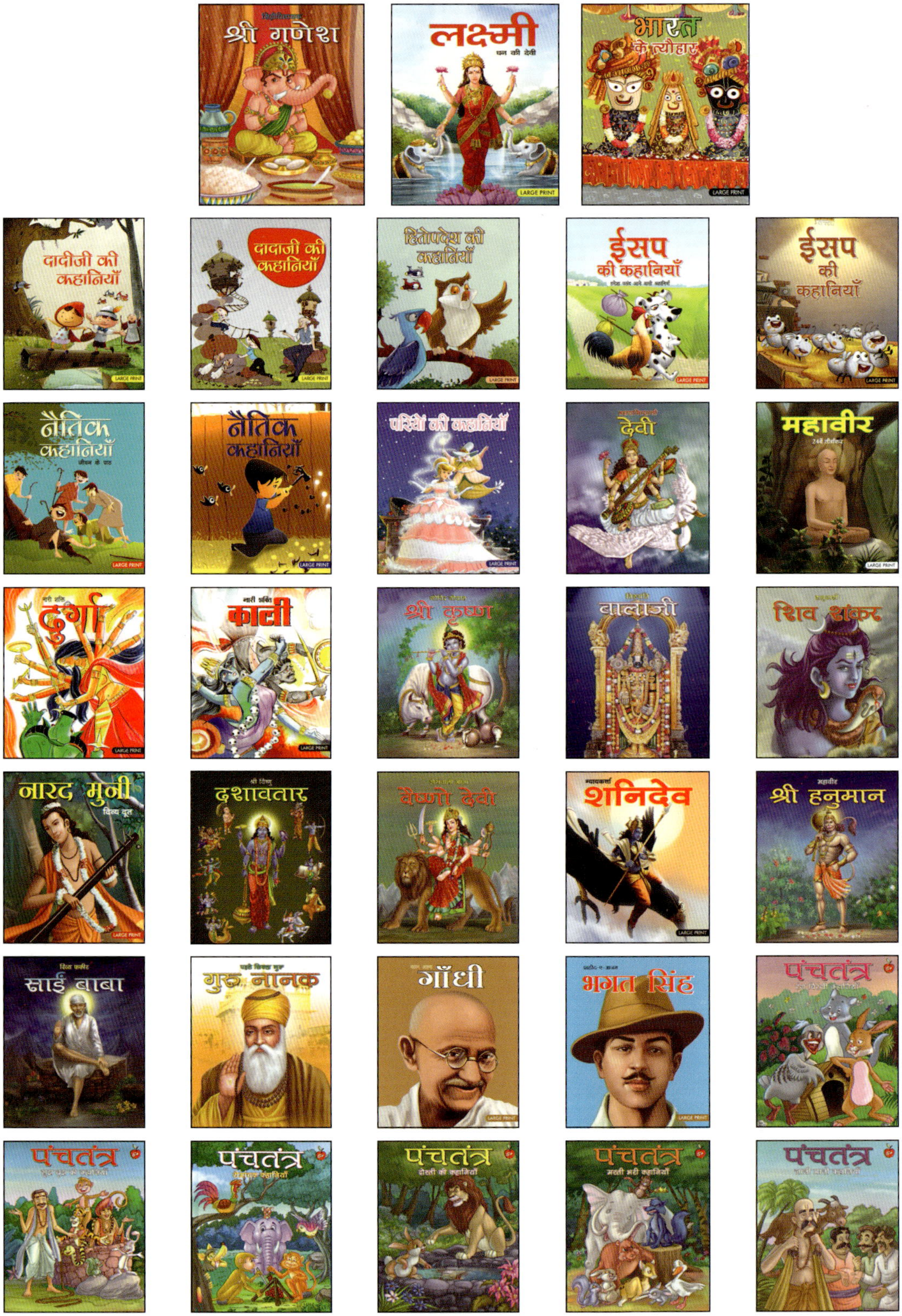